艾青诗选

文 / 艾青　图 / 艾青　编 / 艾丹

中国青年出版社

目　录

编前语 ------------ 001

阳光在远处 ------------ 005
大堰河——我的保姆 ------------ 007
叫喊 ------------ 017
芦笛 ------------ 019
ORANGE ------------ 025
古宅的造访 ------------ 029
我的季候 ------------ 035
灯 ------------ 039
太阳 ------------ 041
煤的对话 ------------ 043
春 ------------ 045
生命 ------------ 047
浪 ------------ 051
笑 ------------ 053
复活的土地 ------------ 057

雪落在中国的土地上 ------------ 061
手推车 ------------ 069
北方 ------------ 071
乞丐 ------------ 079
黄昏 ------------ 081
秋日游 ------------ 083
我爱这土地 ------------ 087
冬日的林子 ------------ 089
吹号者 ------------ 091
桥 ------------ 105
秋晨 ------------ 107
树 ------------ 109
青色的池沼 ------------ 111
山毛榉 ------------ 113
群众 ------------ 115
旷野 ------------ 117
时代 ------------ 125
黎明的通知 ------------ 129
西湖 ------------ 137
三株小杉树 ------------ 139

这是一个晴朗的早晨 ------------ 141
一个黑人姑娘在歌唱 ------------ 143
礁石 ------------ 145
在智利的海岬上 ------------ 147
小蓝花 ------------ 161
写在彩色纸条上的诗 ------------ 163
启明星 ------------ 169
鸽哨 ------------ 171
下雪的早晨 ------------ 173
鱼化石 ------------ 177
盆景 ------------ 181
海水和泪 ------------ 185
盼望 ------------ 187
虎斑贝 ------------ 189
交河故城遗址 ------------ 191
附录：画稿及《诗论》摘录 ------------ 193

编后语 ------------ 235

编前语

关于诗歌的创作，艾青的观念是：朴素、单纯、集中、明快。

以此为准绳，能否编辑一本经典的“艾青诗选”呢？答案是肯定的。从五百多首诗作中选出五十首，标准之严格，几乎可称之为“终极选择”。

艾青（1910—1996）的一生历经沧桑，他曾在诗中写到：“躺在时间的河流上，苦难的浪涛，曾经几次把我吞没而又卷起。”创作生涯中有旺盛时期，也有低迷的时候，甚至沉寂的时候，留下不少的传世之作，也夹杂有应景诗、命题诗。好比泥沙之中，间有点点闪烁，有金粒，还有各种宝石，编者所要做的，就是将它们筛拣出来，呈献给读者们。

艾青写诗注重真情实感，推崇“形象思维”，读他写的诗，总会被一种情绪所感染，脑中总会浮现出生动的画面。这大概与天生的艺术气质和早年的爱好有关，他十九岁考入

“杭州国立艺专”绘画系，之后又前往巴黎勤工俭学；他曾在诗中赞美过印象派画家,《芦笛》一诗就是写给现代派诗人的。

从青年画家演变成诗人，是他归国后参加左翼美术联盟，从事进步活动，被捕入狱后的选择。他曾戏称是“母鸡下了个鸭蛋”。

艾青在写作时，偶尔会在笔记本或稿纸上随手勾勒一些图画，从这类速写或白描中隐约可见其早年的绘画功底。

诗与画都能反映心灵。艾青曾写到：“诗的声音，就是自由的声音。诗的笑，就是自由的笑。”又写到：“一首诗，是一个心灵的活的雕塑。”

文如其人，诗画人生。编选这本薄薄的诗集，既是为了纪念，更是为了传播；纪念的是一代诗魂，传播的是美好，是一种难以替代的，唯有诗歌才能营造的情感、思维和智慧。

还期望，过去有过，将来还会出现一个人人都爱读诗的年代。

艾丹

阳光在远处

阳光在沙漠的远处，
船在暗云遮着的河上驰去，
暗的风，
暗的沙土，
暗的
旅客的心啊。
——阳光嬉笑地
射在沙漠的远处。

一九三二年二月三日　苏伊士河上

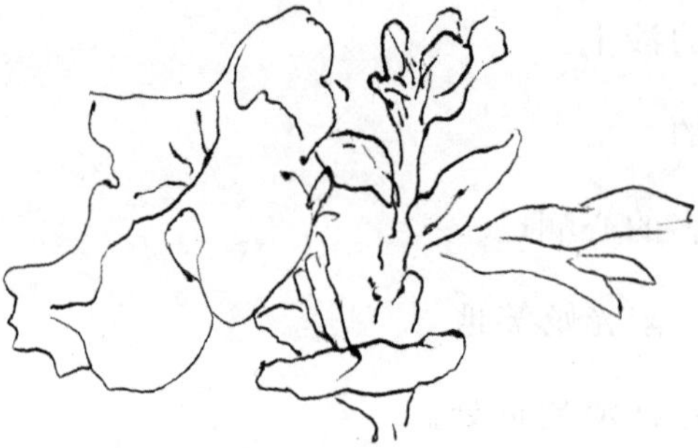

大堰河——我的保姆

大堰河，是我的保姆。
她的名字就是生她的村庄的名字，
她是童养媳，
大堰河，是我的保姆。

我是地主的儿子；
也是吃了大堰河的奶而长大了的
大堰河的儿子。
大堰河以养育我而养育她的家，
而我，是吃了你的奶而被养育了的，
大堰河啊，我的保姆。

大堰河，今天我看到雪使我想起了你：
你的被雪压着的草盖的坟墓，

你的关闭了的故居檐头的枯死的瓦菲，
你的被典押了的一丈平方的园地，
你的门前的长了青苔的石椅，
大堰河，今天我看到雪使我想起了你。

你用你厚大的手掌把我抱在怀里，抚摸我；
在你搭好了灶火之后，
在你拍去了围裙上的炭灰之后，
在你尝到饭已煮熟了之后，
在你把乌黑的酱碗放到乌黑的桌子上之后，
在你补好了儿子们的为山腰的荆棘扯破的衣服之后，
在你把小儿被柴刀砍伤了的手包好之后，
在你把夫儿们的衬衣上的虱子一颗颗地掐死之后，
在你拿起了今天的第一颗鸡蛋之后，

你用你厚大的手掌把我抱在怀里，抚摸我。

我是地主的儿子，
在我吃光了你大堰河的奶之后，
我被生我的父母领回到自己的家里。
啊，大堰河，你为什么要哭？

我做了生我的父母家里的新客了！
我摸着红漆雕花的家具，
我摸着父母的睡床上金色的花纹，
我呆呆地看着檐头的我不认得的“天伦叙乐”的匾，
我摸着新换上的衣服的丝的和贝壳的纽扣，
我看着母亲怀里的不熟识的妹妹，
我坐着油漆过的安了火钵的炕凳，

我吃着碾了三番的白米的饭，

但，我是这般忸怩不安！因为我

我做了生我的父母家里的新客了。

大堰河，为了生活，

在她流尽了她的乳液之后，

她就开始用抱过我的两臂劳动了；

她含着笑，洗着我们的衣服，

她含着笑，提着菜篮到村边的结冰的池塘去，

她含着笑，切着冰屑悉索的萝卜，

她含着笑，用手掏着猪吃的麦糟，

她含着笑，扇着炖肉的炉子的火，

她含着笑，背了团箕到广场上去，

　晒好那些大豆和小麦，

大堰河，为了生活，
在她流尽了她的乳液之后，
她就用抱过我的两臂，劳动了。

大堰河，深爱着她的乳儿；
在年节里，为了他，忙着切那冬米的糖，
为了他，常悄悄地走到村边的她的家里去，
为了他，走到她的身边叫一声“妈”，
大堰河，把他画的大红大绿的关云长
　贴在灶边的墙上，
大堰河，会对她的邻居夸口赞美她的乳儿；
大堰河曾做了一个不能对人说的梦：
在梦里，她吃着她的乳儿的婚酒，
坐在辉煌的结彩的堂上，

而她的娇美的媳妇亲切地叫她“婆婆”

……

大堰河，深爱着她的乳儿！

大堰河，在她的梦没有做醒的时候已死了。

她死时，乳儿不在她的旁侧，

她死时，平时打骂她的丈夫也为她流泪，

五个儿子，个个哭得很悲，

她死时，轻轻地呼着她的乳儿的名字，

大堰河，已死了，

她死时，乳儿不在她的旁侧。

大堰河，含泪地去了！

同着四十几年的人世生活的凌侮，

同着数不尽的奴隶的凄苦，
同着四块钱的棺材和几束稻草，
同着几尺长方的埋棺材的土地，
同着一手把的纸钱的灰，
大堰河，她含泪地去了。

这是大堰河所不知道的：
她的醉酒的丈夫已死去，
大儿做了土匪，
第二个死在炮火的烟里，
第三，第四，第五
在师傅和地主的叱骂声里过着日子。
而我，我是在写着给予这不公道的世界的咒语。
当我经了长长的飘泊回到故土时，

在山腰里，田野上，
兄弟们碰见时，是比六七年前更要亲密！
这，这是为你，静静地睡着的大堰河
所不知道的啊！

大堰河，今天，你的乳儿是在狱里，
写着一首呈给你的赞美诗，
呈给你黄土下紫色的灵魂，
呈给你拥抱过我的直伸着的手，
呈给你吻过我的唇，
呈给你泥黑的温柔的脸颜，
呈给你养育了我的乳房，
呈给你的儿子们，我的兄弟们，
呈给大地上一切的，

我的大堰河般的保姆和她们的儿子，
呈给爱我如爱她自己的儿子般的大堰河。

大堰河，
我是吃了你的奶而长大了的
你的儿子，
我敬你
爱你！

一九三三年一月十四日　雪朝

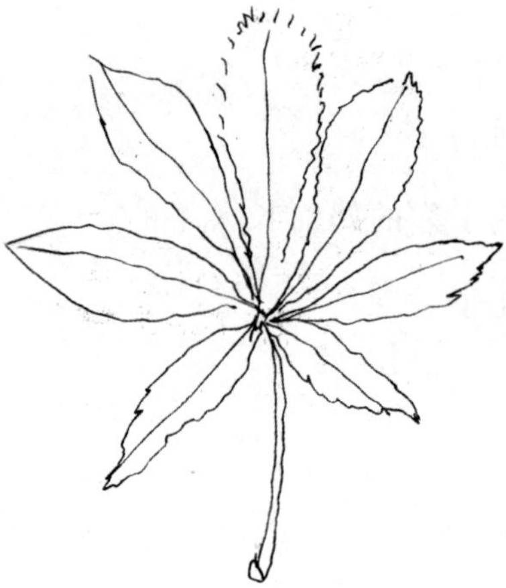

叫喊

在彻响声里
太阳张开了炬光的眼，
在彻响声里
风伸出温柔的臂，
在彻响声里
城市醒来……

这是春，
这是春的上午：

我从阴暗处
怅望着
白的亮的宇宙，
那里，

生命是转动着的，

那里，

时间像一个驰着的轮子，

那里，

光在翩翩地飞……

我从阴暗处

怅怀望着

白的亮的

波涛般跳跃着的宇宙；

那是生活的叫喊着的海啊！

一九三三年三月十三日

芦笛

—— 纪念故诗人阿波里内尔

J'avais un mirliton quâ je n'aurais pas échangé
contre nn bâton de maréchal de France.

—— G.Apollinaire *

我从你彩色的欧罗巴

带回了一支芦笛，

同着它，

我曾在大西洋边

像在自己家里般走着，

如今

你的诗集《酒》是在上海的巡捕房里，

我是“犯了罪”的，

在这里

---

* 当年我有一支芦笛，拿法国大元帅的节杖我也不换。

—— 阿波里内尔

芦笛也是禁物。

我想起那支芦笛啊，

它是我对于欧罗巴的最真挚的回忆。

阿波里内尔君，

你不仅是个波兰人，

因为你

在我的眼里，

真是一节流传在蒙马特的故事，

那冗长的，

惑人的，

由玛格丽特震颤的褪了脂粉的唇边

吐出的堇色的故事。

谁不应该朝向那

白里安和俾士麦的版图

吐上轻蔑的唾液呢——
那在眼角里充溢着贪婪，
卑污的盗贼的欧罗巴！
但是，
我耽爱着你的欧罗巴啊，
波特莱尔和兰布的欧罗巴。
在那里，
我曾饿着肚子
把芦笛自矜的吹，
人们嘲笑我的姿态，
因为那是我的姿态呀！
人们听不惯我的歌，
因为那是我的歌呀！
滚吧，

你们这些曾唱了《马赛曲》
而现在正在淫污着那
光荣的胜利的东西！
今天，
我是在巴士底狱里，
不，不是那巴黎的巴士底狱；
芦笛并不在我的身边，
铁镣也比我的歌声更响，
但我要发誓——对于芦笛，
为了它是在痛苦的被辱着，
我将像一七八九年似的
向灼肉的火焰里伸进我的手去！
在它出来的日子，
将吹送出

对于凌侮过它的世界的
毁灭的咒诅的歌。
而且我要将它高高地举起，
以悲壮的颂歌
把它送给海，
送给海的波，
粗野的嘶着的
海的波啊！

一九三三年三月二十八日

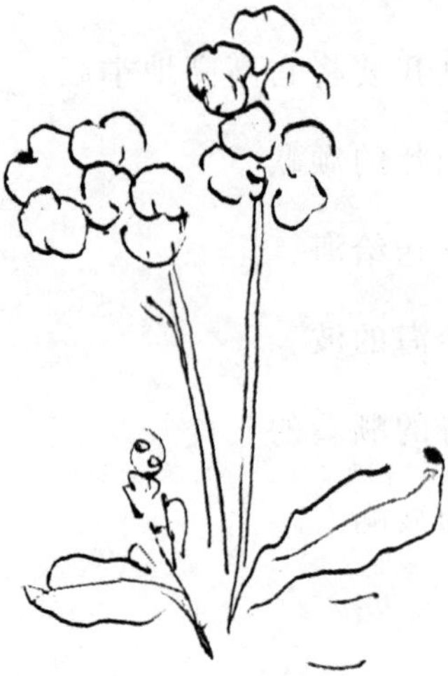

ORANGE*

圆圆的——燃烧着的

像燃烧的太阳般点亮了

圆圆的玻璃窗——

Orange——是我心的比喻

Orange——使我想起了：

一辆公共汽车

闪过了

纪念碑

十字街口的广场

公园边上的林荫路

捧着白铃兰花的少女

* 橙子。

五月的一个放射着喷水池的
翩翩的
放射着爱情的水花的节日……
Orange——像那
整个的机械饮食处里
大麦酒的雪白的泡沫
所反映出的
红色篷帐的欢喜
太阳的欢喜
Orange——
像拉丁女的眼瞳子般无底的
热带的海的蓝色
那上面撩起了

听不清的歌唱

异国人的忧郁

Orange

圆圆的—— 燃烧着的

Orange

像燃烧着的太阳般点亮了圆圆的

玻璃窗——

Orange

使我想起了:

我的这 Orange 般的地球

和它的另一面的

我的那 Orange 般快乐的姑娘

我们曾在靠近离别的日子

分吃过一个

圆圆的——燃烧着的

Orange

Orange——是我心的比喻

一九三三年七月十七日

古宅的造访

静听这

从墙角传来的

角笛的悠长的声音……

在你那里

有个中世纪的巴黎

—— 远离了喧嚣

蛰伏在《圣经》里的巴黎。

当我这随着流动的时间

在不断的变形的少年

从遥远的旅舍

经了长长的散步

来到你的居家里时

真像那久久倦游的旅客

走进了一座异地的教堂

——在终日聒叫的城市当中
也得到片刻可贵的安息。
我走上暗暗的楼梯
你引我悄悄的进去
在宽大的无光的房里
回流着古木的气息
我用感伤的凝视看着：
路易士朝式的家具
波斯纹彩的瓷器
和黑色雕花的书架上的
拉辛，莫利哀，雨果的全集。
当那静静的风
拂动了静静的白的窗帷
你开始以微温的呼吸

嘘动你大波形的
单薄的胸间衣绉
停滞在思索里的
幽默的蓝眼
在惴想我幽默的心怀
你金黄的鬈鬈长发
在我的眼前
展开了一个
幻想的多波涛的海……
沉浸在淡紫的宇宙里。
你安详的摆动着你
丰满的圆润的胸脯
——那使我遥遥的想起
拉飞尔的

充满妩媚的日子……

我以迟缓的眼波

聆听你微颤的金声

给我传述：

神和人的故事

太阳的故事

哀罗丝的故事

和缪塞的诗篇里的

一滴眼泪变成

珍珠的故事……

让我无言的

和你对坐着

在古旧的遗梦里

做一个圣洁的

爱的悠长的漫游吧
但是，你听呀
那古旧的木制的挂钟
它已露出学究的庄严
诙谐的
用急促的鸡唱的音调
既欢迎我默默的到来
却又催我默默的归去……

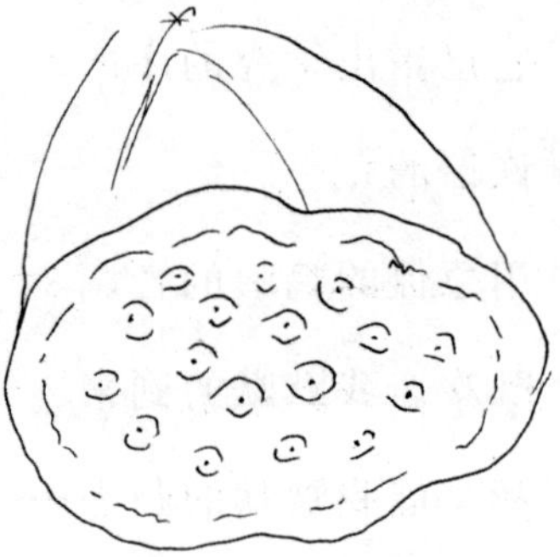

我的季候

今天已不能坐在
公园的长椅上，看鸽群
环步于石像的周围了。
惟有雨滴
做了这里的散步者；
偶尔听见从静寂里喧起的
它的步伐之单调而悠长的声响，
真有不可却的抑郁
袭进你少年的心头啊。
沿着无尽长的人行道，
街树枝头零落的点滴
飘散在你裸露的颈上；
伸手去触摸公园的
铁的栏栅，像执着

倦于憎爱的妇女之腻指，
使你感到有太快慰了的新凉
这是我的季候……
让我打着断续而扬抑起
直升到空虚里去的
音节之漫长的口哨，
向一切无人走的道上走去……
每当我想起了……初春之
过甚的浮夸，夏的傲慢的
炽烈，并严冬之可叹的
冷酷时，我愿岁岁朝朝
都挽住了这般的
含有无限懊丧的秋色。

乌黑的怨恨，金煌的情爱
它们一样的与我无关；
而对于生命的挂怀，
和什么幸运的热望呀，
已由萧萧初坠的残叶，
告知你以可信的一切了。
秋啊！
你全般灰色的雨滴，
请你伴着我—— 为了我
已厌倦于听取那些
佯作真理的烦琐的话语——
和我守着可贵的契默，
跨过那

由车轮溅起了

污水的广场，往不知

名的地方流浪去吧！

灯

盼望着能到天边
去那盏灯的下面——
而天是比盼望更远的！
虽然光的箭，已把距离
消灭到乌有了的程度；
但怎么能使我的颤指，
轻轻的抚触一下
那盏灯的辉煌的前额呢？

太阳

从远古的墓茔
从黑暗的年代
从人类死亡之流的那边
震惊沉睡的山脉
若火轮飞旋于沙丘之上
太阳向我滚来……

它以难遮掩的光芒
使生命呼吸
使高树繁枝向它舞蹈
使河流带着狂歌奔向它去

当它来时，我听见
冬蛰的虫蛹转动于地下

群众在旷场上高声说话

城市从远方

用电力与钢铁召唤它

于是我的心胸

被火焰之手撕开

陈腐的灵魂

搁弃在河畔

我乃有对于人类再生之确信

一九三七年春

煤的对话

你住在哪里？

我住在万年的深山里
我住在万年的岩石里

你的年纪——

我的年纪比山的更大
比岩石的更大

你从什么时候沉默的？

从恐龙统治了森林的年代
从地壳第一次震动的年代

你已死在过深的怨愤里了么？

死？不，不，我还活着——
请给我以火，给我以火！

一九三七年春

春

春天了

龙华的桃花开了 *

在那些夜间开了

在那些血斑点点的夜间

那些夜是没有星光的

那些夜是刮着风的

那些夜听着寡妇的咽泣

而这古老的土地呀

随时都像一只饥渴的野兽

舐吮着年轻人的血液

顽强的人之子的血液

*1927 年，国民党淞沪警备司令部在龙华镇设立，先后杀害过众多的革命志士。1931 年 2 月 7 日夜，有五位“左联”作家在此遇难。

于是经过了悠长的冬日
经过了冰雪的季节
经过了无限困乏的期待
这些血迹，斑斑的血迹
在神话般的夜里
在东方的深黑的夜里
爆开了无数的蓓蕾
点缀得江南处处是春了
人问：春从何处来？
我说：来自郊外的墓窟。

一九三七年四月

生命

有时

我伸出一只赤裸的臂

平放在墙上

让一片白垩的颜色

衬出那赭黄的健康

青色的河流鼓动在土地里

蓝色的静脉鼓动在我的臂膀里

五个手指

是五支新鲜的红色

里面旋流着

土地耕植者的血液

我知道

这是生命

让爱情的苦痛与生活的忧郁

让它去担载罢，

让它喘息在

世纪的辛酷的犁轭下，

让它去欢腾，去烦恼，去笑，去哭罢，

它将鼓舞自己

直到颓然地倒下！

这是应该的

依照我的愿望

在期待着的日子

也将要用自己的悲惨的灰白

去衬映出

新生的跃动的鲜红。

一九三七年四月

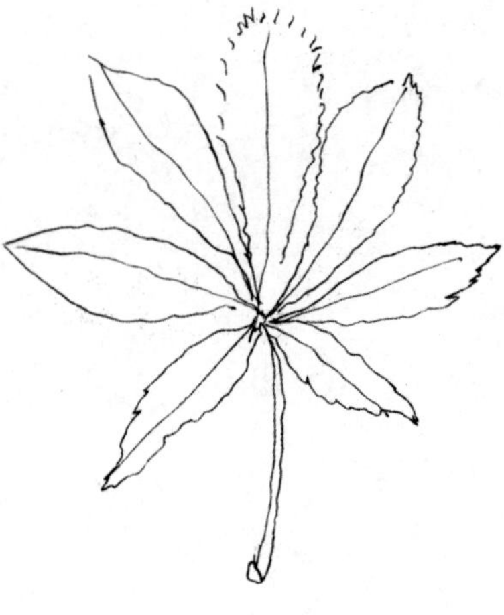

浪

你也爱那白浪么——
它会啮啃岩石
更会残忍地折断船橹
　　　　　　撕碎布帆

没有一刻静止
它自满地谈述着
从古以来的
航行者的悲惨的故事

或许是无理性的
但它是美丽的
而我却爱那白浪

—— 当它的泡沫溅到我的身上时

我曾起了被爱者的感激

一九三七年五月二日

笑

我不相信考古学家——

在几千年之后，
在无人迹的海滨，
在曾是繁华过的废墟上
拾得一根枯骨
—— 我的枯骨时，
他岂能知道这根枯骨
是历经了二十世纪的烈焰燃烧过的？

又有谁能在地层里
寻得
那些受尽了磨难的
牺牲者的泪珠呢？

那些泪珠
曾被封禁于千重的铁栅，
却只有一枚钥匙
可以打开那些铁栅的门，
而去夺取那钥匙的无数大勇
却都倒毙在
守卫者的刀枪下了；

如能捡得那样的一颗泪珠
藏之枕畔，
当比那捞自万丈的海底之贝珠
更晶莹，更晶莹
而彻照万古啊！

我们岂不是
都在自己的年代里
被钉上了十字架么？
而这十字架
决不比拿撒勒人所钉的
较少痛苦。

敌人的手
给我们戴上荆棘的冠冕，
从刺破了的惨白的前额
淋下的深红的血点，
也不曾写尽
我们胸中所有的悲愤啊！
诚然，

我们不应该有什么奢望，

却只愿有一天

人们想起我们，

像想起远古的那些

和巨兽搏斗过来的祖先，

脸上会浮上一片

安谧而又舒展的笑——

虽然那是太轻松了，

但我却甘愿

为那笑而捐躯！

一九三七年五月八日

复活的土地

腐朽的日子
早已沉到河底，
让流水冲洗得
快要不留痕迹了；

河岸上
春天的脚步所经过的地方，
到处是繁花与茂草；
而从那边的丛林里
也传出了
忠心于季节的百鸟之
高亢的歌唱。

播种者呵

是应该播种的时候了，
为了我们辛勤地劳作
大地将孕育
金色的颗粒。

就在此刻，
你—— 悲哀的诗人呀，
也应该拂去往日的忧郁，
让希望苏醒在你自己的
久久负伤着的心里：

因为，我们的曾经死了的大地，
在明朗的天空下
已复活了！

——苦难也已成为记忆，

在它温热的胸膛里

重新漩流着的

将是战斗者的血液。

一九三七年七月六日　沪杭路上

雪落在中国的土地上

雪落在中国的土地上，
寒冷在封锁着中国呀……

风，
像一个太悲哀了的老妇，
紧紧地跟随着
伸出寒冷的指爪
拉扯着行人的衣襟，
用着像土地一样古老的话
一刻也不停地絮聒着……

那从林间出现的，
赶着马车的
你中国的农夫

戴着皮帽
冒着大雪
你要到哪儿去呢？

告诉你
我也是农人的后裔——
由于你们的
刻满了痛苦的皱纹的脸
我能如此深深地
知道了
生活在草原上的人们的
岁月的艰辛。

而我

也并不比你们快乐啊
—— 躺在时间的河流上
苦难的浪涛
曾经几次把我吞没而又卷起——
流浪与监禁
已失去了我的青春的
最可贵的日子，
我的生命
也像你们的生命
一样的憔悴呀

雪落在中国的土地上，
寒冷在封锁着中国呀……

沿着雪夜的河流，
一盏小油灯在徐缓地移行，
那破烂的乌篷船里
映着灯光，垂着头
坐着的是谁呀？

——啊，你
蓬发垢面的少妇，
是不是
你的家
——那幸福与温暖的巢穴
已被暴戾的敌人
烧毁了么？
是不是
也像这样的夜间。

失去了男人的保护，

在死亡的恐怖里

你已经受尽敌人刺刀的戏弄？

咳，就在如此寒冷的今夜，

无数的

我们的年老的母亲，

都蜷伏在不是自己的家里，

就像异邦人

不知明天的车轮

要滚上怎样的路程……

——而且

中国的路

是如此的崎岖

是如此的泥泞呀。

雪落在中国的土地上，

寒冷在封锁着中国呀……

透过雪夜的草原

那些被烽火所啮啃着的地域，

无数的，土地的垦殖者

失去了他们所饲养的家畜

失去了他们肥沃的田地

拥挤在

生活的绝望的污巷里，

饥馑的大地

朝向阴暗的天

伸出乞援的

颤抖着的两臂。
中国的苦痛与灾难
像这雪夜一样广阔而又漫长呀！

雪落在中国的土地上
寒冷在封锁着中国呀……

中国
我在没有灯光的晚上
所写的无力的诗句
能给你些许的温暖么？

一九三七年十二月二十八日夜间

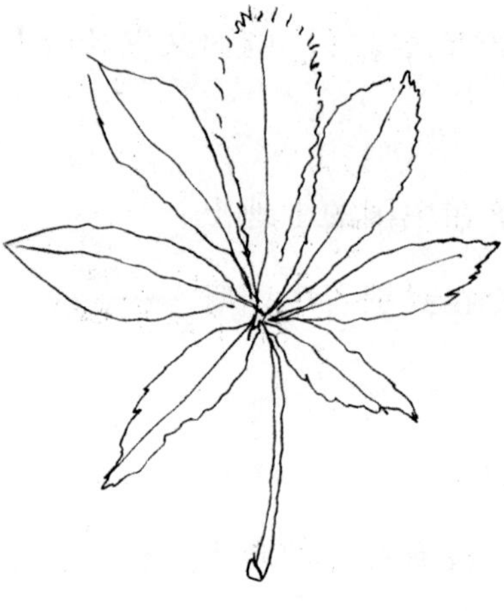

手推车

在黄河流过的地域

在无数的枯干了的河底

手推车

以惟一的轮子

发出使阴暗的天穹痉挛的尖音

穿过寒冷与静寂

从这一个山脚

到那一个山脚

彻响着

北国人民的悲哀

在冰雪凝冻的日子

在贫穷的小村与小村之间

手推车

以单独的轮子

刻画在灰黄土层上的深深的辙迹

穿过广阔与荒漠

从这一条路

到那一条路

交织着

北国人民的悲哀

一九三八年初

北方

一天
那个科尔沁草原上的诗人
对我说：
“北方是悲哀的。”

不错
北方是悲哀的。
从塞外吹来的
沙漠风，
已卷去北方的生命的绿色
　与时日的光辉
—— 一片暗淡的灰黄
蒙上一层揭不开的沙雾；

那天边疾奔而至的呼啸
带来了恐怖
疯狂地
扫荡过大地；
荒漠的原野
冻结在十二月的寒风里，
村庄呀，山坡呀，河岸呀，
颓垣与荒冢呀
都披上了土色的忧郁……
孤单的行人，
上身俯前
用手遮住了脸颊，
在风沙里
困苦地呼吸

一步一步地
挣扎着前进……
几只驴子
—— 那有悲哀的眼
　和疲乏的耳朵的畜生，
载负了土地的
痛苦的重压，
它们厌倦的脚步
徐缓地踏过
北国的
修长而又寂寞的道路……
那些小河早已枯干了
河底也已画满了车辙，
北方的土地和人民

在渴求着
那滋润生命的流泉啊！
枯死的林木
　与低矮的住房
稀疏地，阴郁地
散布在灰暗的天幕下；
天上，
看不见太阳，
只有那结成大队的雁群
惶乱的雁群
击着黑色的翅膀
叫出它们的不安与悲苦，
从这荒凉的地域逃亡
逃亡到

绿荫蔽天的南方去了……

北方是悲哀的
而万里的黄河
汹涌着混浊的波涛
给广大的北方
倾泻着灾难与不幸；
而年代的风霜
刻划着
广大的北方的
贫穷与饥饿啊。

而我
—— 这来自南方的旅客，

却爱这悲哀的北国啊。

扑面的风沙

　与入骨的冷气

决不曾使我咒诅；

我爱这悲哀的国土，

一片无垠的荒漠

也引起了我的崇敬

——我看见

我们的祖先

带领了羊群

吹着笳笛

沉浸在这大漠的黄昏里；

我们踏着的

古老的松软的黄土层里

埋有我们祖先的骸骨啊，
—— 这土地是他们所开垦
几千年了
他们曾在这里
　和带给他们以打击的自然相搏斗
他们为保卫土地，
从不曾屈辱过一次。
他们死了
把土地遗留给我们——
我爱这悲哀的国土，
它的广大而瘦瘠的土地
带给我们以淳朴的言语
　与宽阔的姿态，
我相信这言语与姿态，

坚强地生活在大地上
永远不会灭亡；
我爱这悲哀的国土，
　古老的国土
——这国土
养育了为我所爱的
世界上最艰苦
　与最古老的种族。

一九三八年二月四日　潼关

乞丐

在北方

乞丐徘徊在黄河的两岸

徘徊在铁道的两旁

在北方

乞丐用最使人厌烦的声音

呐喊着痛苦

说他们来自灾区

来自战地

饥饿是可怕的

它使年老的失去仁慈

年幼的学会憎恨

在北方
乞丐用固执的眼
凝视着你
看你在吃任何食物
和你用指甲剔牙齿的样子

在北方
乞丐伸着永不缩回的手
乌黑的手
要求施舍一个铜子
向任何人
甚至那掏不出一个铜子的兵士

一九三八年春　陇海线上

黄昏

黄昏的林子是黑色而柔和的
林子里的池沼是闪着白光的
而使我沉溺地承受它的抚慰的风啊
一阵阵地带给我以田野的气息……

我永远是田野气息的爱好者啊
无论我飘泊在哪里
当黄昏时走在田野上
那如此不可排遣地困惑着我的心的
是对于故乡路上的畜粪的气息
和村边的畜棚里的干草的气息的记忆啊

一九三八年七月十六日黄昏　武昌

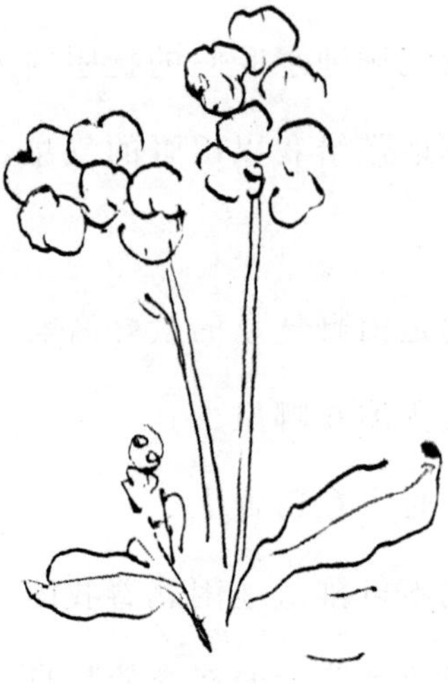

秋日游

爱看晴朗的秋日的
云影走过的草原，
草原的低洼处
星散着白色的山羊，
它们各自啮啃着青草，
没有一个人去看管；
新筑的黄土公路沿着小溪
弯进了杂色的树林，
又出现在远方的
照着阳光的山坡上……
我们不是去访久别的朋友，
只因为这是初次走的路
在云影和阳光隐现的路上
徐缓地走着而感到单纯的欢喜……

云团在空中腾涌着
从太阳光里却飘下雨滴，
雨，随着愈下愈大了，
但四方的原野
却仍在阳光里伸展着；
我们在一个山村旁边的
几棵大树的根上坐下躲雨。
雨却又像急速的行军转向北方去了
此刻留下的是润湿的凉气……
踏上闪着水光的石板路
走过新造的石桥
走过一个山岗
那大树林就以它的无边的荫影
迎接了我们——

这是一个由榉子树，樟树，松树
和各种不知名的树挤集成的树林啊……
当我们跨进了树林，
在草地上坐下时，
我们就惊乱了无数的白色的鹭鸶鸟——
它们拍着翅膀
嘴里发出鸣叫
在丛密的绿色中飞起——
它们大概是久久栖息在这里的隐世者吧。

一九三八年八月初　衡山

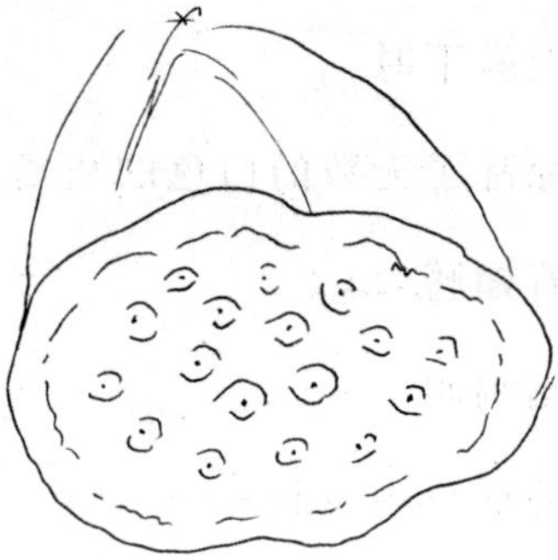

我爱这土地

假如我是一只鸟，
我也应该用嘶哑的喉咙歌唱：
这被暴风雨所打击着的土地，
这永远汹涌着我们的悲愤的河流，
这无止息地吹刮着的激怒的风，
和那来自林间的无比温柔的黎明……
—— 然后我死了，
连羽毛也腐烂在土地里面。

为什么我的眼里常含泪水？
因为我对这土地爱得深沉……

一九三八年十一月十七日

冬日的林子

我欢喜走过冬日的林子——
没有阳光的冬日的林子
干燥的风吹着的冬日的林子
天像要下雪的冬日的林子

没有色泽的冬日是可爱的
没有鸟的聒噪的冬日是可爱的
冬日的林子里一个人走着是幸福的
我将如猎者般轻悄地走过
而我决不想猎获什么……

一九三九年二月十五日

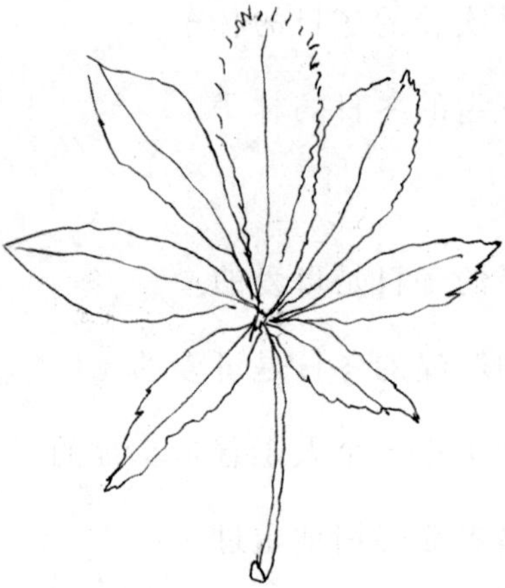

吹号者

好像曾经听到人家说过，吹号者的命运是悲苦的，当他用自己的呼吸磨擦了号角的铜皮使号角发出声响的时候，常常有细到看不见的血丝，随着号声飞出来……

吹号者的脸常常是苍黄的。

一

在那些蜷卧在铺散着稻草的地面上的
　困倦的人群里，
在那些穿着灰布衣服的污秽的人群里，
他最先醒来——
他醒来显得如此突兀
每天都好像被惊醒似的，

是的，他是被惊醒的，
惊醒他的
是黎明所乘的车辆的轮子
滚在天边的声音。

他睁开了眼睛，
在通宵不熄的微弱的灯光里
他看见了那挂在身边的号角，
他困惑地凝视着它
好像那些刚从睡眠中醒来
第一眼就看见自己心爱的恋人的人
一样欢喜——
在生活注定给他的日子当中
他不能不爱他的号角；

号角是美的——

它的通身

发着健康的光彩，

它的颈上

结着绯红的流苏。

吹号者从铺散着稻草的地面上起来了，

他不埋怨自己是睡在如此潮湿的泥地上，

他轻捷地绑好了裹腿，

他用冰冷的水洗过了脸，

他看着那些发出困乏的鼾声的同伴，

于是他伸手携去了他的号角；

门外依然是一片黝黑，

黎明没有到来，

那惊醒他的
是他自己对于黎明的
过于殷切的想望。

他走上了山坡，
在那山坡上伫立了很久，
终于他看见这每天都显现的奇迹：
黑夜收敛起她那神秘的帷幔，
群星倦了，一颗颗地散去……
黎明——这时间的新嫁娘啊
乘上有金色轮子的车辆
从天的那边到来
我们的世界为了迎接她，
已在东方张挂了万丈的曙光
看，

天地间在举行着最隆重的典礼……

二

现在他开始了，
站在蓝得透明的天穹的下面，
他开始以原野给他的清新的呼吸
吹送到号角里去，
—— 也夹带着纤细的血丝么？
使号角由于感激
以清新的声响还给原野，
—— 他以对于丰美的黎明的倾慕
吹起了起身号，
那声响流荡得多么辽远啊……
世界上的一切，

充溢着欢愉
承受了这号角的召唤……

林子醒了
传出一阵阵鸟雀的喧吵，
河流醒了
召引着马群去饮水，
村野醒了
农妇匆忙地从堤岸上走过，
旷场醒了
穿着灰布衣服的人群
从披着晨曦的破屋中出来，
拥挤着又排列着……

于是，他离开了山坡，
又把自己消失到那
无数的灰色的行列中去。
他吹过了吃饭号，
又吹过了集合号，
而当太阳以轰响的光彩
辉煌了整个天穹的时候，
他以催促的热情
吹出了出发号。

三

那道路
是一直伸向永远没有止点的天边去的，

那道路
是以成万人的脚蹂踏着
成千的车轮滚碾着的泥泞铺成的，
那道路
连结着一个村庄又连结一个村庄，
那道路
爬过了一个土坡又爬过一个土坡，
而现在
太阳给那道路镀上了黄金了，
而我们的吹号者
在阳光照着的长长的队伍的最前面，
以行进号
给前进着的步伐
做了优美的拍节……

四

灰色的人群
散布在广阔的原野上，
今日的原野呵，
已用展向无限去的暗绿的苗草
给我们布置成庄严的祭坛了：
听，震耳的巨响
响在天边，
我们呼吸着泥土与草混合着的香味，
却也呼吸着来自远方的烟火的气息，
我们蛰伏在战壕里，
沉默而严肃地期待着一个命令，
像临盆的产妇

痛楚地期待着一个婴儿的诞生，
我们的心胸
从来未曾有像今天这样充溢着爱情，
在时代安排给我们的
—— 也是自己预定给自己的
生命之终极的日子里，
我们没有一个不是以圣洁的意志
准备着获取在战斗中死去的光荣啊！

五

于是，惨酷的战斗开始了——
无数千万的战士
在闪光的惊觉中跃出了战壕，

广大的，急剧的奔跑
威胁着敌人地向前移动……
在震撼天地的冲杀声里，
在决不回头的一致的步伐里，
在狂流般奔涌着的人群里，
在紧密的连续的爆炸声里，
我们的吹号者
以生命所给与他的鼓舞，
一面奔跑，一面吹出了
短促的，急迫的，激昂的，
在死亡之前决不中止的冲锋号，
那声音高过了一切，
又比一切都美丽，
正当他由于一种不能闪避的启示

任情地吐出胜利的祝祷的时候，
他被一颗旋转过他的心胸的子弹打中了！
他寂然地倒下去
没有一个人曾看见他倒下去，
他倒在那直到最后一刻
都深深地爱着的土地上，
然而，他的手
却依然紧紧地握着那号角；

在那号角滑溜的铜皮上，
映出了死者的血
和他的惨白的面容
也映出了永远奔跑不完的
带着射击前进的人群，

和嘶鸣的马匹，

和隆隆的车辆……

而太阳，太阳

使那号角射出闪闪的光芒……

听啊，

那号角好像依然在响……

一九三九年三月

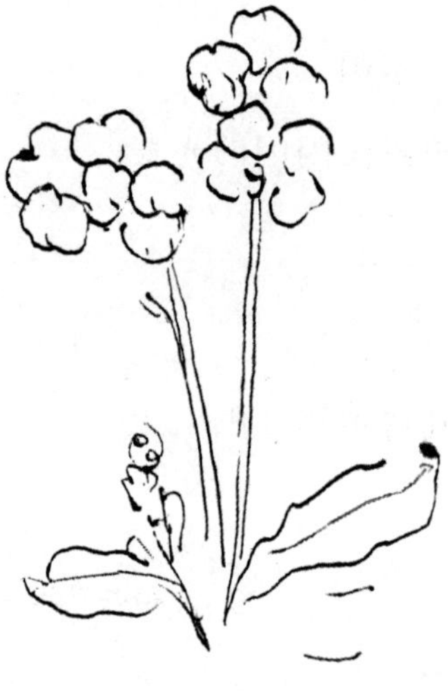

桥

当土地与土地被水分割了的时候，
当道路与道路被水截断了的时候，
智慧的人类伫立在水边：
于是产生了桥。

苦于跋涉的人类，
应该感谢桥啊。

桥是土地与土地的联系；
桥是河流与道路的爱情；
桥是船只与车辆点头致敬的驿站；
桥是乘船者与步行者挥手告别的地方。

一九三九年秋

秋晨

凉爽的早晨
太阳刚升起来的早晨
可怜的乡村的早晨

一只白色眼圈的小鸟
站在低矮的房子的黑瓦上
像在想着什么似的
看着彩云满布的高空

秋天了
我来南方已一年了
此地没有热带的气息
看不见参天的椰子林
心里早已有难言的结郁

但今天，当我要离去时

我的心竟如此不安

——中国的乡村

虽然到处都一样贫穷、污秽、灰暗

但到处都一样的使我留恋

一九三九年九月　桂林乡间

树

一棵树，一棵树
彼此孤立地兀立着
风与空气
告诉着它们的距离

但是在泥土的覆盖下
它们的根伸长着
在看不见的深处
它们把根须纠缠在一起

一九四〇年春

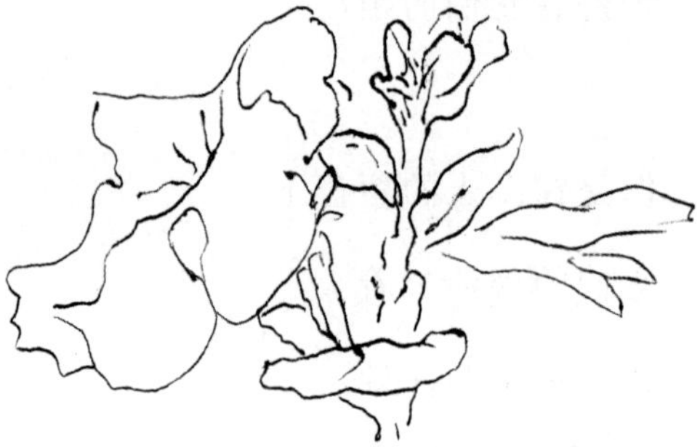

青色的池沼

青色的池沼，
长满了马鬃草；
透明的水底，
映着流动的白云……

平静而清澈
像因时序而默想的
蓝衣少女，
坐在早晨的原野上。

当心呵——
脚蹄撩动着薄雾
一匹栗红色的马
在向你跳跃来了……

一九四〇年三月

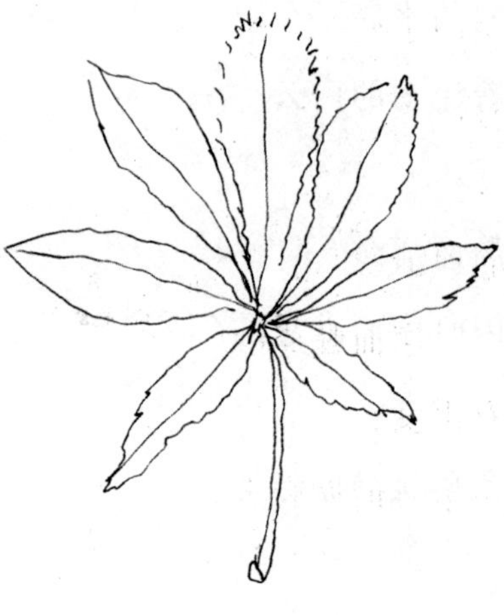

山毛榉

春日的雷雨，
粗暴地摇撼着山毛榉；
春日的雷雨，
摇撼着我的心啊！

山毛榉，昂然举起了头，
在山野上飘起褐色的发，
感染了大地的爱与忧郁，
把根须攀缠住岩石与泥土；

欢喜沉默的
阳光与雾的朋友，
偶尔借风的语言
向山野披示痛苦；

历尽了冰霜与淫雨，

山毛榉慨然等待着霹雳的打击，

和那残酷的斧斤所带来的

伐木丁丁的声音……

群众

电波在电线上鸣响，在静空中鸣响
像用两手按住十个二十个钢琴的音键
我的心里也常有使我自己震耳欲聋的声音
一直从里面冲出，鸣响在空中

一滴水常使我用惊叹的眼凝视半天
我的前面突然会涌现浩淼的大江
只要我的嘴一张开我就喘急
好像万人的呼吸都从这小孔出来

当我用手按着自己跳动的脉搏
我的心就被汹涌的血潮所冲荡
他们的痛苦与欲求和我如此纠缠不清
他们的血什么时候流进了我的血管

那边是什么—— 那么多，多么多
无数的脚，无数的手，无数攒动的头颅
在窗口，在街上，在码头上，在车站
他们在做什么？想什么？愿望着什么

这是可怕的奇迹：当我此刻想起了
我已不复是自己，而是一个数字
这数字慢慢地蜕变着，庞大着
—— 直到使我愕然而痉挛

我静着时我的心被无数的脚踏过
我走动时我的心像一个哄乱的十字街口
我坐在这里，街上是无数的人群
突然我看见自己像尘埃一样滚在他们里面

旷野

玉蜀黍已成熟得像火烧般的日子：
在那刚收割过的苎麻的田地的旁边，
一个农夫在烈日下
低下戴着草帽的头，
伸手采摘着毛豆的嫩叶。

静寂的天空下，
千万种鸣虫的
低微而又繁杂的大合唱啊，
奏出了自然的伟大的赞歌；
知了的不息聒噪
斑鸠的渴求的呼唤，
从山坡的倾斜的下面
茂密的杂木里传来……

昨天黄昏时还听见过的
那窄长的峡谷里的流水声，
此刻已停止了；
当我从阴暗的林间的草地走过时，
只听见那短暂而急促的
啄木鸟用它的嘴
敲着古木的空洞的声音。

阳光从树木的空隙处射下来，
阳光从我们的手扪不到的高空射下来，
阳光投下了使人感激得抬不起头来的炎热
阳光燃烧了一切的生命，
阳光交付一切生命以热情；

啊，汗水已浸满了我的背，
我走过那些用鬈须攀住竹篱的
豆类和瓜类植物长长的行列，
心里是多么羞涩而又骄傲啊
我又走到山坡上了，
我抹去了额上的汗
停歇在一株山毛榉的下面——

简单而蠢笨
高大而没有人欢喜的
山毛榉是我的朋友，
我每天一定要来访问，
我常在它的阴影下

无言地，长久地，

看着旷野：

旷野——广大的，蛮野的……

为我所熟识

又为我所害怕的，

奔腾着土地、岩石与树木的

凶恶的海啊……

不驯服的山峦，

像绿色的波涛一样

横蛮地起伏着；

黑色的岩石，

不可排解地纠缠在一起；

无数的道路，

好像是互不相通

却又困难地扭结在一起；

那些村舍

卑微的，可怜的村舍，

各自孤立地星散着；

它们的窗户，

好像互不理睬

却又互相轻蔑地对看着；

那些山峰，

满怀愤恨地对立着；

远远近近的野林啊，

也像非洲土人的鬈发，

茸乱的鬈发，

在可怕的沉默里，

在莫测的阴暗的深处，
蕴藏着千年的悒郁。

而在下面，
在那深陷着的峡谷里，
无数的田亩毗连着，
那里，人们像被山岩所围困似的
宿命地生活着：
从童年到老死，
永无止息地弯曲着身体，
耕耘着坚硬的土地；
每天都流着辛勤的汗，
喘息在贫穷与劳苦的重轭下……

为了叛逆命运的摆布，

我也曾离弃了衰败了的乡村，
如今又回来了。
何必隐瞒呢——
我始终是旷野的儿子。
看我寂寞地走过山坡，
缓慢地困苦地移着脚步，
多么像一头疲乏的水牛啊；
在我松皮一样阴郁的身体里，
流着对于生命的烦恼与固执的血液；
我常像月亮一样，
宁静地凝视着
旷野的辽阔与粗壮；
我也常像乞丐一样，
在暮色迷蒙时
谦卑地走过

那些险恶的山路；

我的胸中，微微发痛的胸中，

永远地汹涌着

生命的不羁与狂热的欲望啊！

而每天，

当我被难于抑止的忧郁所苦恼时，

我就仰卧在山坡上，

从山毛榉的阴影下

看着旷野的边际——

无言地，长久地，

把我的火一样的思想与情感

溶解在它的波动着的

岩石，阳光与雾的远方……

一九四〇年七月八日　四川

时代

我站立在低矮的屋檐下
出神地望着蛮野的山岗
　和高远空阔的天空
很久很久心里像感受了什么奇迹
我看见一个闪光的东西
它像太阳一样鼓舞我的心
在天边带着沉重的轰响
带着暴风雨似的狂啸
隆隆滚辗而来……

我向它神往而又欢呼
当我听见从阴云压着的雪山的那面
传来了不平的道路上巨轮颠簸的轧响
我的心追赶着它，激烈地跳动着

像那些奔赴婚礼的新郎
—— 纵然我知道由它所带给我的
并不是节日的狂欢
　和什么杂耍场上的哄笑
却是比一千个屠场更残酷的景象
而我却依然奔向它
带着一个生命所能发挥的热情

我不是弱者—— 我不会沾沾自喜
我不是自己能安慰或欺骗自己的人
我不满足那世界曾经给过我的
—— 无论是荣誉，无论是耻辱
也无论是阴沉的注视和黑夜似的仇恨
以及人们的目光因它而闪耀的幸福

我在你们不知道的地方感到空虚
我要求更多些，更多些呵
给我生活的世界
我永远伸张着两臂
我要求攀登高山
我要求横跨大海
我要迎接更高的赞扬，更大的毁谤
更不可解的怨恨
　和更致命的打击——
都为了我想从时间的深沟里升腾起来……

没有一个人的痛苦会比我更甚
我忠实于时代，献身于时代，而我却沉默着
不甘心地，像一个被俘虏的囚徒

在押送到刑场之前沉默着

我沉默着，为了没有足够响亮的语言

像初夏的雷霆滚过阴云密布的天空

抒发我的激情于我的狂暴的呼喊

奉献给那使我如此兴奋，如此惊喜的东西

我爱它胜过我曾经爱过的一切

为了它的到来，我愿意交付出我的生命

交付给它从我的肉体直到我的灵魂

我在它的前面显得如此卑微

甚至想仰卧在地面上

让它的脚像马蹄一样踩过我的胸膛

一九四一年十二月十六日晨

黎明的通知

为了我的祈愿
诗人啊，你起来吧

而且请你告诉他们
说他们所等待的已经要来

说我已踏着露水而来
已借着最后一颗星的照引而来

我从东方来
从汹涌着波涛的海上来

我将带光明给世界
又将带温暖给人类

借你正直人的嘴
请带去我的消息

通知眼睛被渴望所灼痛的人类
和远方的沉浸在苦难里的城市和村庄

请他们来欢迎我——
白日的先驱，光明的使者

打开所有的窗子来欢迎
打开所有的门来欢迎

请鸣响汽笛来欢迎
请吹起号角来欢迎

请清道夫来打扫街衢

请搬运车来搬去垃圾

让劳动者以宽阔的步伐走在街上吧

让车辆以辉煌的行列从广场流过吧

请村庄也从潮湿的雾里醒来

为了欢迎我打开它们的篱笆

请村妇打开她们的鸡埘

请农夫从畜棚牵出耕牛

借你的热情的嘴通知他们

说我从山的那边来，从森林的那边来

请他们打扫干净那些晒场
和那些永远污秽的天井

请打开那糊有花纸的窗子
请打开那贴着春联的门

请叫醒殷勤的女人
和那打着鼾声的男子

请年轻的情人也起来
和那些贪睡的少女

请叫醒困倦的母亲
和她身旁的婴孩

请叫醒每个人

连那些病者与产妇

连那些衰老的人们

呻吟在床上的人们

连那些因正义而战争的负伤者

和那些因家乡沦亡而流离的难民

请叫醒一切的不幸者

我会一并给他们以慰安

请叫醒一切爱生活的人

工人，技师以及画家

请歌唱者唱着歌来欢迎
用草与露水所掺合的声音

请舞蹈者跳着舞来欢迎
披上她们白雾的晨衣

请叫那些健康而美丽的醒来
说我马上要来叩打她们的窗门

请你忠实于时间的诗人
带给人类以慰安的消息

请他们准备欢迎，请所有的人准备欢迎

当雄鸡最后一次鸣叫的时候我就到来

请他们用虔诚的眼睛凝视天边
我将给所有期待着的以最慈惠的光辉

趁这夜已快完了，请告诉他们
说他们所等待的就要来了

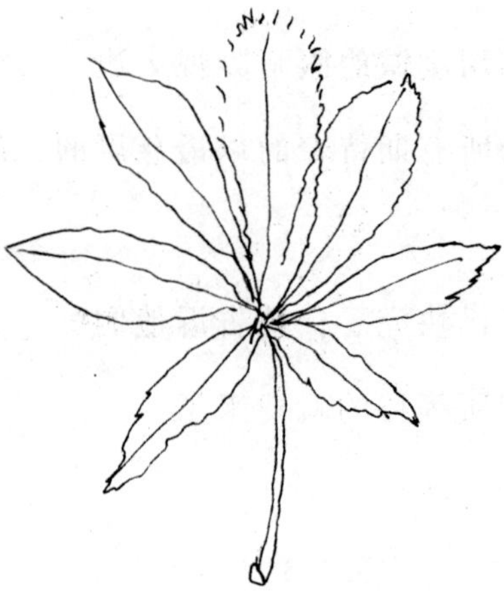

西湖

月宫里的明镜
不幸失落人间
一个完整的圆形
被分成了三片

人们用金边镶裹
裂缝以漆泥胶成
敷上翡翠，涂上赤金
恢复它的原形

晴天，白云拂抹
使之明洁
照见上空的颜色

在清澈的水底

桃花如人面

是彩色缤纷的记忆

一九五三年四月

三株小杉树

年轻的杉树长满了嫩芽
嫩得好像要滴下水来
园里的草地露水很重
人走进的时候鞋子都湿了

早上的阳光照在露珠上
每颗露珠都在发亮
我摘了一个杉树的果子
手上沾满了果子的芳香

一九五四年七月

这是一个晴朗的早晨

这是一个晴朗的早晨
飞机在高空中飞翔
一朵朵白云像在微笑
我的心是阳光满照的海洋

我写过无数痛苦的诗
一边写，一边悲伤
如今灾难总算过去了
我要为新的日子歌唱

一九五四年七月十六日　大西洋上空

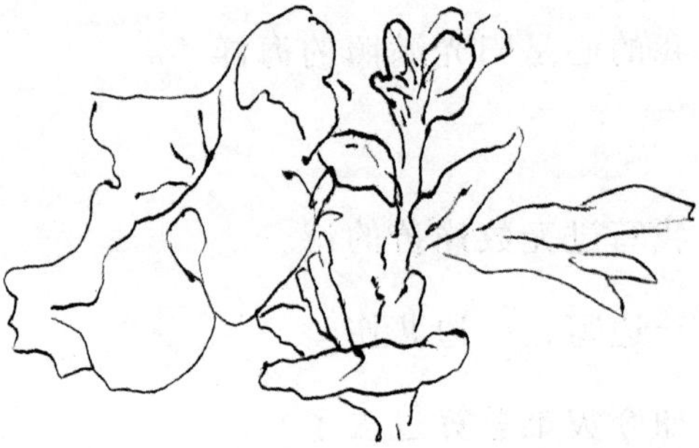

一个黑人姑娘在歌唱

在那楼梯的边上，
有一个黑人姑娘，
她长得十分美丽，
一边走一边歌唱……

她心里有什么欢乐？
她唱的可是情歌？
她抱着一个婴儿，
唱的是催眠的歌。

这不是她的儿子，
也不是她的弟弟；
这是她的小主人，
她给人看管孩子；

一个是那样黑，

黑得像紫檀木；

一个是那样白，

白得像棉絮；

一个多么舒服，

却在不住地哭；

一个多么可怜，

却要唱欢乐的歌。

一九五四年七月十七日　里约热内卢

礁石

一个浪，一个浪
无休止地扑过来
每一个浪都在它脚下
被打成碎沫，散开……

它的脸上和身上
像刀砍过的一样
但它依然站在那里
含着微笑，看着海洋……

一九五四年七月二十五日

在智利的海岬上

——给巴勃罗·聂鲁达

让航海女神

守护你的家

她面临大海

仰望苍天

抚手胸前

祈求航行平安

一

你爱海，我也爱海

我们永远航行在海上

一天，一只船沉了

你捡回了救命圈
好像捡回了希望
风浪把你送到海边
你好像海防战士
驻守着这些礁石

你抛下了锚
解下了缆索
回忆你所走过的路
每天瞭望海洋

二

巴勃罗的家

在一个海岬上
窗户的外面
是浩淼的太平洋

一所出奇的房子
全部用岩石砌成
像小小的碉堡
要把武士囚禁

我们走进了
航海者之家
地上铺满了海螺
也许昨晚有海潮

已经残缺了的
木雕的女神
站在客厅的门边
像女仆似的虔诚

阁楼是甲板
栏杆用麻绳穿连
在扶梯的边上
有一个大转盘

这些是你的财产：
古代帆船的模型
褐色的大铁锚
中国的大罗盘

大的地球仪
各式各样的烟斗
各式各样的钢刀

意大利农民送的手杖
放在进门的地方
它陪伴一个天才
走过了整个世界

米黄色的象牙上
刻着年轻的情人
穿着乡村的服装
带着羞涩的表情
像所有的爱情故事

既古老而又新鲜

手枪已经锈了
战船也不再转动
请斟满葡萄酒
为和平而干杯

三

房子在地球上
而地球在房子里
壁上挂了一顶白顶的
黑漆的海员帽子
好像这房子的主人

今天早上才回到家里

我问巴勃罗：
“是水手呢？
还是将军？”
他说：“是将军，
你也一样；
不过，我的船
已失踪了
沉没了……”

四

你是一个船长

还是一个海员

你是一个舰队长

还是一个水兵

你是胜利归来的人

还是战败了逃亡的人

你是平安的停憩

还是危险的搁浅

你是迷失了方向

还是遇见了暗礁

都不是，都不是

这房子的主人

是被枪杀了的洛尔伽的朋友

是受难的西班牙的见证人
是一个退休了的外交官
不是将军

日日夜夜望着海
听海涛像在浩叹
也像是嘲弄
也像是挑衅

巴勃罗·聂鲁达
面对着万顷波涛
用矿山里带来的语言
向整个旧世界宣战

五

在客厅门口上面
挂了救命圈
现在船是在岸边
你说："要是船沉了
我就戴上了它
跳进海洋。"
方形的街灯
在第二个门口
这样，每个夜晚
你生活在街上

壁炉里火焰上升

今夜，海上喧哗

围着烧旺了的壁炉

从地球的各个角落来的

十几个航行的伙伴

喝着酒，谈着航海的故事

我们来自许多国家

包括许多民族

有着不同的语言

但我们是最好的兄弟

有人站起来

用放大镜

在地图上寻找

没有到过的地方

我们的世界
好像很大
其实很小
在这个世界上
应该生活得好
明天，要是天晴
我想拿铜管的望远镜
向西方瞭望
太平洋的那边
是我的家乡
我爱这个海岬
也爱我的家乡

这儿夜已经很深

初春的夜晚多么迷人

六

在红心木的桌子上

有船长用的铜哨子

拂晓之前，要是哨子响了

我们大家将很快地爬上船缆

张起船帆，向海洋起程

向另一个世纪的港口航行……

一九五四年七月二十四日晚

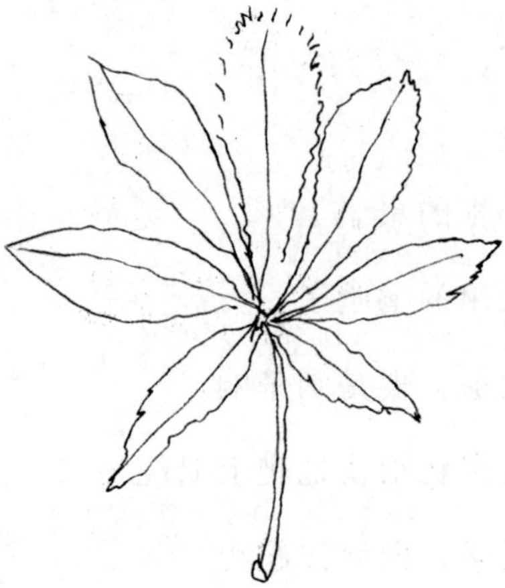

小蓝花

小小的蓝花
开在青色的山坡上
开在紫色的岩石上

小小的蓝花
比秋天的晴空还蓝
比蓝宝石还蓝

小小的蓝花
是山野的微笑
寂寞而又深情

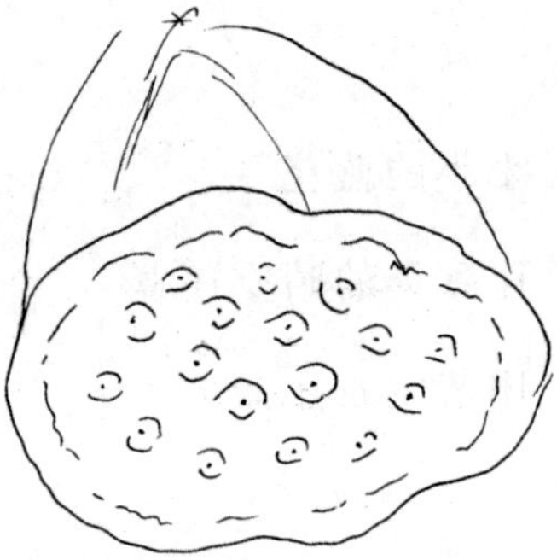

写在彩色纸条上的诗

一

绿色的纸条给你
红色的纸条给我
让我们拴在一起
唱一个快乐的歌

到那边树林里去吧
在树林里有野火
光从树叶里射出来
里面有人在唱歌

那歌声呀实在美
像一条林间的小河

它永远也唱不完
流溢着无限的欢乐

二

你的鼻子像百合
你的嘴唇像花瓣
请摘下绸制的假面
让我看看你的眼睛

眼睛是灵魂的窗子
从它们看见你的心
你的眼睛是纯朴的
你有一颗纯朴的心

三

你有你的依林娜

我有我的娜塔莎

你们要到河边去

而我们却更爱树林

我们游憩在树林里

生活比传说更美丽

蓝色的灯、红色的灯

使树林充满了神秘

四

让我和你跳一个舞

跳一个像风一样轻的舞

跳一个使裙子旋转的舞

跳一个青春的舞、热烈的舞

明天，当太阳上升的时候

我们将穿过有露水的草地

你进你的课堂

我进我的工厂

五

和平像一片蓝天

和平像一片绿茵

而时间啊是蜜酒

我们是喝蜜酒的人

和平是你的

也是我的

是我们大家的

谁也不能碰的

六

欢乐不是钱买的

欢乐坐着智慧的小艇

现在我们是在河里

我们在欢乐中前进

莫斯科的秋天多么美
秋天的夜晚更是迷人
树枝投下了最初的落叶
空气像是冰镇过的果汁

一九五四年八月二十八日晚　莫斯科

启明星

属于你的是
光明与黑暗交替
黑夜逃遁
白日追踪而至的时刻

群星已经退隐
你依然站在那儿
期待着太阳上升

被最初的晨光照射
投身在光明的行列
直到谁也不再看见你

一九五六年八月

鸽哨

北方的晴天
辽阔的一片
我爱它的颜色
比海水更蓝

多么想飞翔
在高空回旋
发出醉人的呼啸
声音越传越远……

要是有人能领会
这悠扬的旋律
他将更爱这蓝色
—— 北方的晴天

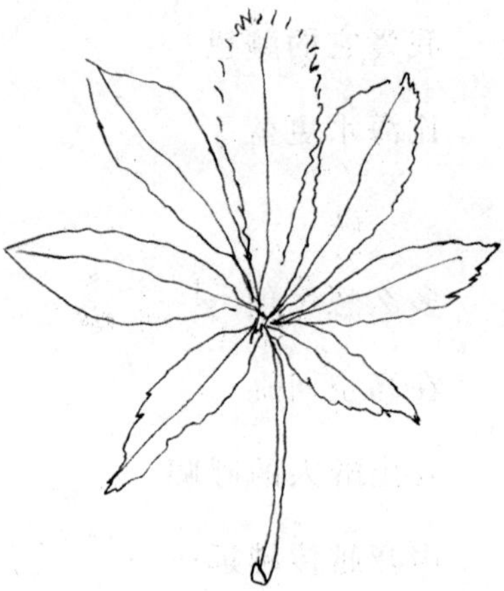

下雪的早晨

雪下着，下着，没有声音，
雪下着，下着，一刻不停，
洁白的雪，盖满了院子，
洁白的雪，盖满了屋顶，
整个世界多么静，多么静。

看着雪花在飘飞，
我想得很远，很远，
想起夏天的树林；
树林里的早晨，
到处都是露水，
太阳刚刚上升，
一个小孩，赤着脚，
从晨光里走来，

他的脸像一朵鲜花，
他的嘴发出低低的歌声，
他的小手拿着一根竹竿，
他仰起小小的头，
那双发亮的眼睛，
透过浓密的树叶
在寻找知了的声音……
他的另一只小手，
提了一串绿色的东西，
一根很长的狗尾草，
结了蚂蚱、金甲虫和蜻蜓，
这一切啊，
我都记得很清。

我们很久没有到树林里去了，
那儿早已铺满了落叶，
也不会有什么人影；
但我一直都记着那个小孩，
和他的很轻很轻的歌声，
此刻，他不知在哪间小屋里，
看着不停地飘飞着的雪花，
或许想到树林里去抛雪球，
或许想到湖上去滑冰，
他决不会知道
有一个人想着他，
就在这个下雪的早晨。

一九五六年十一月十七日

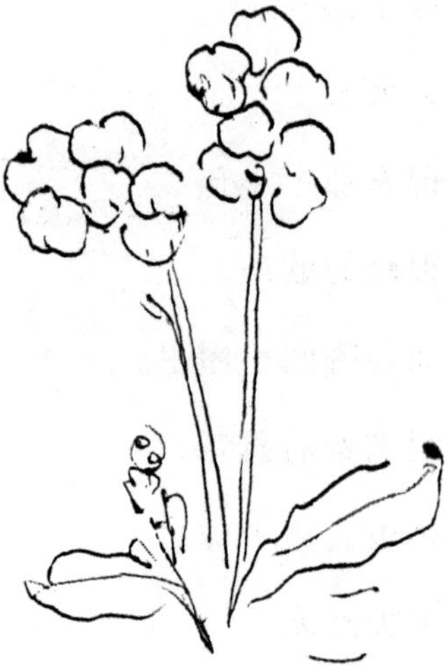

鱼化石

动作多么活泼，
精力多么旺盛，
在浪花里跳跃，
在大海里浮沉；

不幸遇到火山爆发，
也可能是地震，
你失去了自由，
被埋进了灰尘；

过了多少亿年，
地质勘探队员。
在岩层里发现你，
依然栩栩如生。

但你是沉默的，
连叹息也没有，
鳞和鳍都完整，
却不能动弹；

你绝对的静止，
对外界毫无反应，
看不见天和水，
听不见浪花的声音。

凝视着一片化石，
傻瓜也得到教训：
离开了运动，

就没有生命。

活着就要斗争，
在斗争中前进，
即使死亡，
能量也要发挥干净。

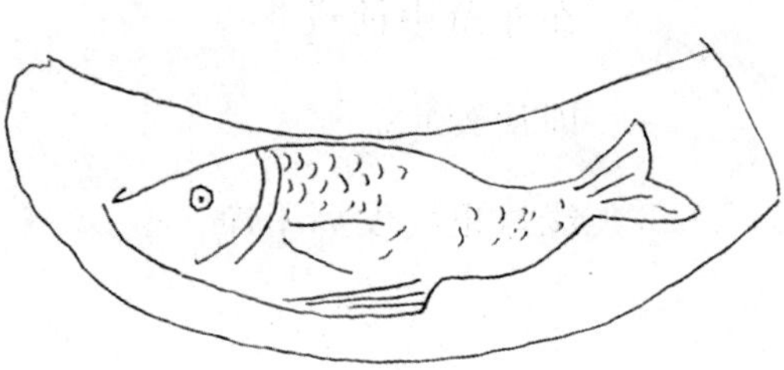

盆景

好像都是古代的遗物
这儿的植物成了矿物
主干是青铜，枝桠是铁丝
连叶子也是铜绿的颜色
在古色古香的庭院
冬不受寒，夏不受热
用紫檀和红木的架子
更显示它们地位的突出

其实它们都是不幸的产物
早已失去了自己的本色
在各式各样的花盆里
受尽了压制和委屈
生长的每个过程

都有铁丝的缠绕和刀剪的折磨
任人摆布，不能自由伸展
一部分发育，一部分萎缩
以不平衡为标准
残缺不全的典型
像一个个佝偻的老人
夸耀的就是怪相畸形
有的挺出了腹部
有的露出了块根
留下几条弯曲的细枝
芝麻大的叶子表示还有青春
像一群饱经战火的伤兵
支撑着一个个残废的生命

但是，所有的花木
都要有自己的天地
根须吸收土壤的营养
枝叶承受雨露和阳光
自由伸展发育正常
在天空下心情舒畅
接受大自然的爱抚
散发出各自的芬芳

如今却一切都颠倒
少的变老，老的变小
为了满足人的好奇
标榜养花人的技巧
柔可绕指而加以歪曲

草木无言而横加斧刀

或许这也是一种艺术

却写尽了对自由的讥嘲

一九七九年二月二十三日

海水和泪

海水是咸的
泪也是咸的

是海水变成泪
是泪流成海水

亿万年的泪
汇聚成海水

终有一天
海水和泪都是甜的

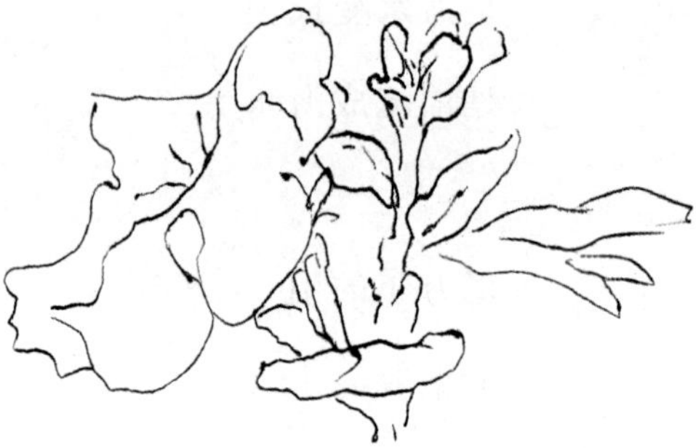

盼望

一个海员说，
他最喜欢的是起锚所激起的那
一片洁白的浪花……

一个海员说，
最使他高兴的是抛锚所发出的
那一阵铁链的喧哗……

一个盼望出发
一个盼望到达

一九七九年三月

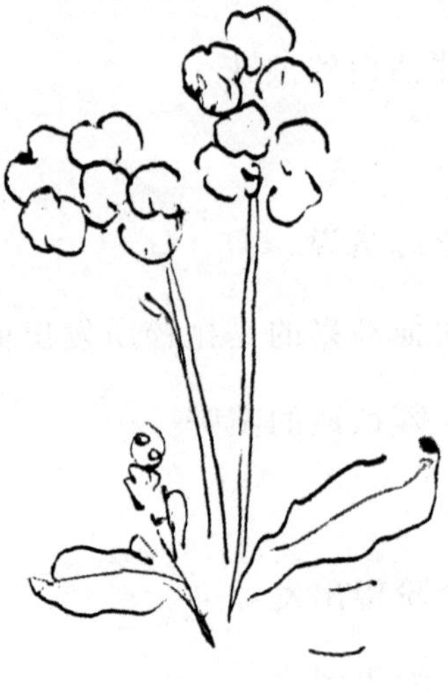

虎斑贝

美丽的虎斑纹
闪灼在你身上
是什么把你磨得这样光
是什么把你擦得这样亮

比最好的瓷器细腻
比洁白的宝石坚硬
像鹅蛋似的椭圆滑润
找不到针尖大的伤痕

在绝望的海底多少年
在万顷波涛中打滚
一身是玉石的盔甲
保护着最易受伤的生命

要不是偶然的海浪把我卷带到沙滩上

我从没有想到能看见这么美好的阳光

一九七九年十二月十七日

交河故城遗址

仿佛有驼队穿城而过
人声喧嚷里夹着驼铃
依然是热闹的街市
车如流水马如龙

不，豪华的宫阙
已化为一片废墟
千年的悲欢离合
找不到一丝痕迹

活着的人好好地活着吧
别指望大地会留下记忆

附录：画稿及《诗论》摘录

我们的诗神是驾着纯金的三轮马车，在生活的旷野上驰骋的。

那三个轮子，闪射着同等的光芒，以同样庄严的隆隆声震响着的，就是真、善、美。

诗比其他文学样式都更需要明朗性、简洁性、形象性。

不能把混沌与朦胧指为含蓄；含蓄是一种饱满的蕴藏，是子弹在枪膛里的沉默。

一切艺术的建筑物，必须建筑在坚如磐石的思想的基础上。

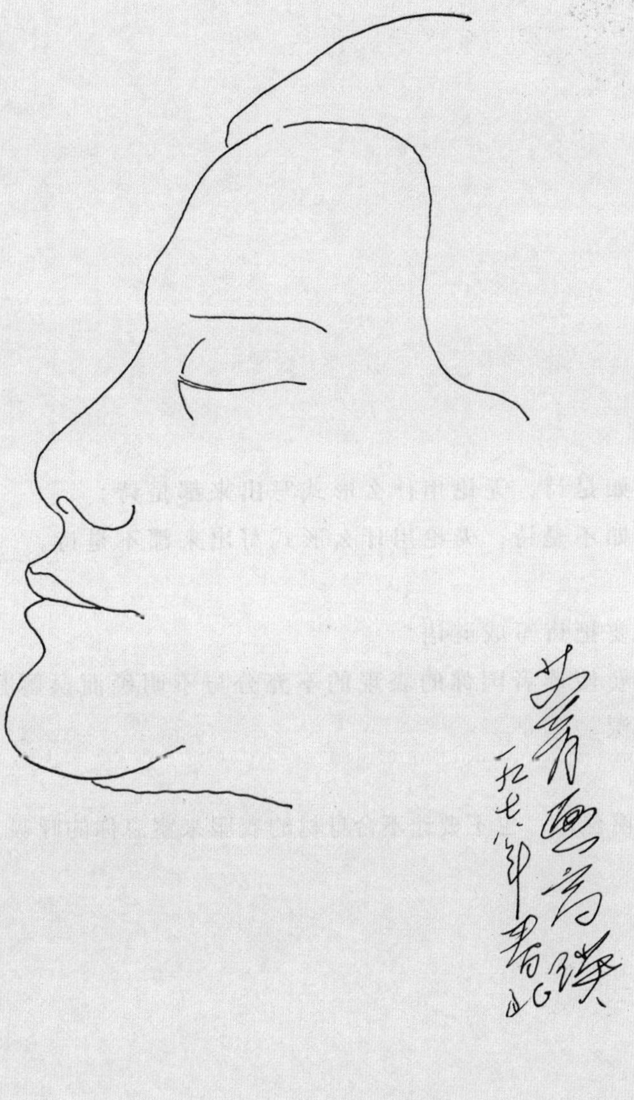
艾青画高瑛

假如是诗，无论用什么形式写出来都是诗；
假如不是诗，无论用什么形式写出来都不是诗。

不要把诗写成谜语；
不要使读者因你的表现的不充分与不明确而误解是艰深。

宁愿裸体，也不要让不合身材的衣服来窒息你的呼吸。

艾青

联想是由事物唤起的类似的记忆；
联想是经验与经验的呼应。

想象与联想是情绪的推移，由这一事物到那一事物的飞翔。

诗人一面形象地理解世界，一面又借助于形象向人解说世界；诗人理解世界的深度，就表现在他所创造的形象的明确度上。

没有比生活本身和大自然本身更丰富的储藏室了；要使语言丰富，必须睁开你的眼睛；凝视生活，凝视大自然。

深厚博大的思想，通过最浅显的语言表演出来，才是最理想的诗。

我生活着，故我歌唱。

凡心中有痛苦的，有憎恨的，有热爱的，有悲愤与冤屈的……不要沉默！

诗，永远是生活的牧歌。

我生活着，故我歌唱。

凡心中有痛苦的，有憎恨的，有热爱的，有悲愤与冤屈的……不要沉默！

诗，永远是生活的牧歌。

上面镜框里是一张"红的乐园鸟"的印刷品

健康的灵魂不需遮蔽，
他们比肉体的祖露更美。

从生命感受了悲与喜、荣与辱，
以至诚的话语报答生命。

我不知道人类能否有一天离开诗而生活；
这实在是不可想象的：人类会有一天失去了思想感情的最高的活动……匍匐着，匍匐着，将是怎样的一种鳄鱼啊。

这面镜框里是一张"红的乐园鸟"的印刷品

健康的灵魂不需遮蔽，
他们比肉体的袒露更美。

从生命感受了悲与喜、荣与辱，
以至诚的话语报答生命。

我不知道人类能否有一天离开诗而生活；
这实在是不可想象的：人类会有一天失去了思想感情的最高的活动……匍匐着，匍匐着，将是怎样的一种鳄鱼啊。

诗人当然渴求着一种宪法：即国家能在保障人民的面包与幸福之外，能保障艺术不受摧残。

宪法对于诗人比其他的人意义更为重要，因为只有保障了发言的权利，才能传达出人群的意欲与愿望；一切的进步才会可能。

压制人民的言论，是一切暴力中最残酷的暴力。

制胜一切的主题，使它们成为驯服：
假如是岩石，用铁锤凿击开它；
假如是钢，用白热的火熔软它；
假如是泥土，用水调和，使它在你的手指里揉出形体；
假如是棉花，理出它的纤维，纺织它，再在它的上面，印上图案。

诗与伪善是绝缘的。诗人一接触到伪善，他的诗就失败了。

高尚的意志与纯洁的灵魂，常常比美的形式与雕琢的词句更深刻而长久地令人感动。

最高的理智的结果，使诗人们爱上了自然与坦白。

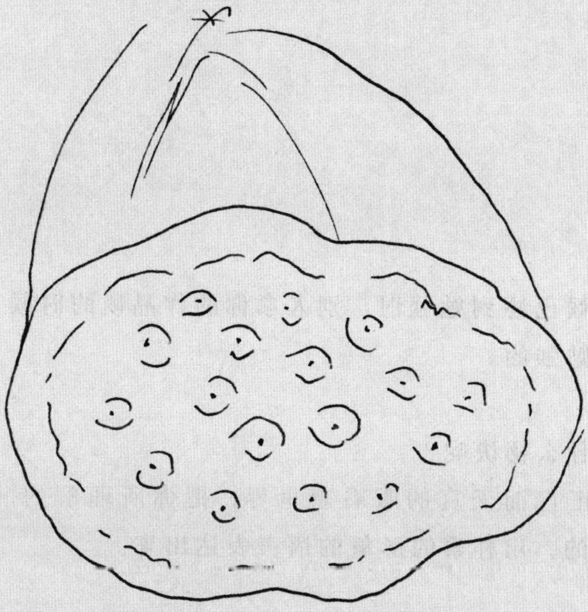

写的时候已感到勉强时，别人拿你的作品读的时候一定更勉强的。

写诗有什么秘诀呢？
——用正直而天真的眼看着世界，把你所理解的，所感觉的，用朴素的形象的语言表达出来。

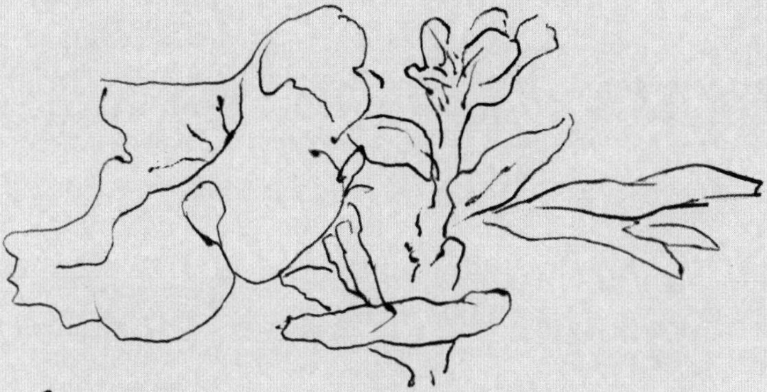

Bethunie

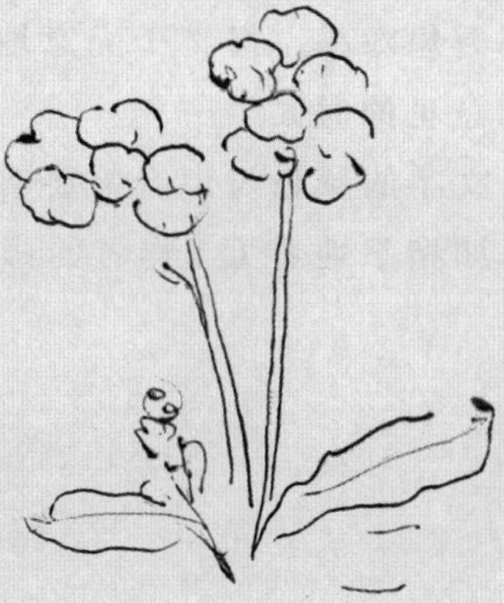

天鑰匙

一个作家的审美能力是最容易被发现于他的作品里的:
当他选取题材的时候;
当他虽竭力想隐瞒,但终于无意地流露了他对于一些事物的意见的时候;
当他对于文字的颜色与声音需要调节的时候;
我们就了如指掌地看见了作者的修养。

不曾经历过创作过程的痛苦的，不会经历创作完成时的喜悦。创造的喜悦，是最高的喜悦。

存在于诗里的美，是通过诗人的情感所表达出来的、人类向上精神的一种闪灼。这种闪灼犹如飞溅在黑暗里的一些火花；也犹如用凿与斧打击在岩石上所迸射的火花。

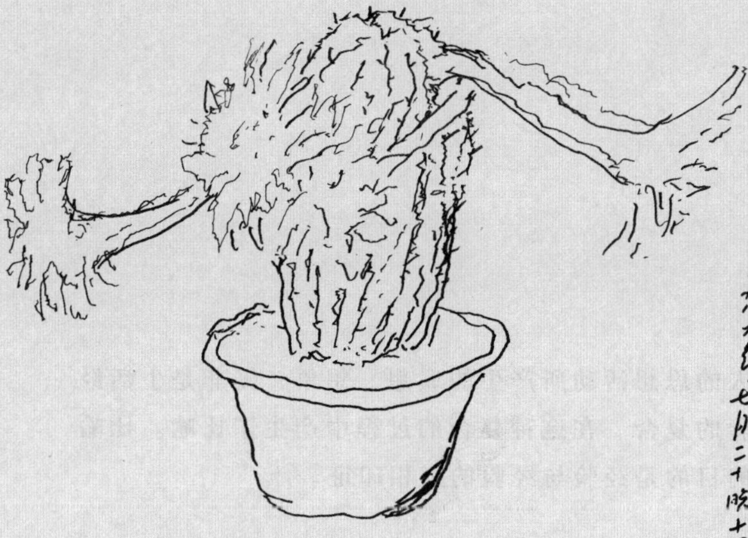

一九八六年七月二十晚十一—十二时许

人的思想活动所产生的联想、想象，无非是生活经验的复合。在这种复合的过程中产生了比喻。比喻的目的是经验与经验的互相印证。

形象思维的活动，在于把一切抽象的东西，转化为具体的东西——可感触的东西。

形象思维的活动，在于使所有滞重的物质长上翅膀；反之，也可以使流动的物质凝固起来。

一九八六年九月十日

朴素是对于词藻的奢侈的摈弃，是脱去了华服的健康的袒露；是挣脱了形式的束缚的无羁的步伐；是掷给空虚的技巧的宽阔的笑。

如果诗人是有他们的素质的，我想那应该是指他们对于世界的感觉的特别新鲜，和对于文字的感觉的特别亲切。

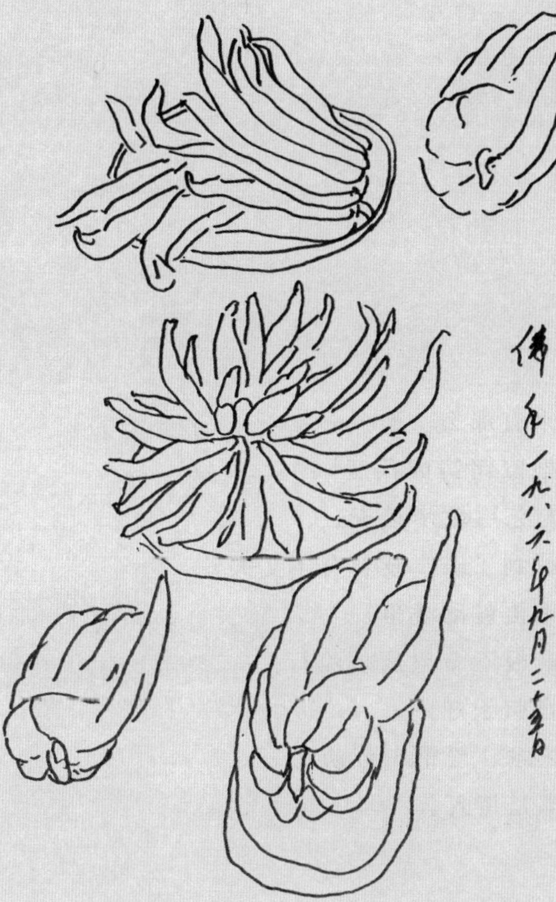
佛手 一九八六年九月二十五日

如果未来有那么一天——
统治者把镣铐铸成花瓶，
立法者与乞丐散步谈天，
流浪者找到了家，妓女有了丈夫，
军火商不再鼓动战争，
棺材店老板不希望瘟疫流行，
一切都言归于好——
自由、艺术、爱情、劳动，
每个人都是诗人。

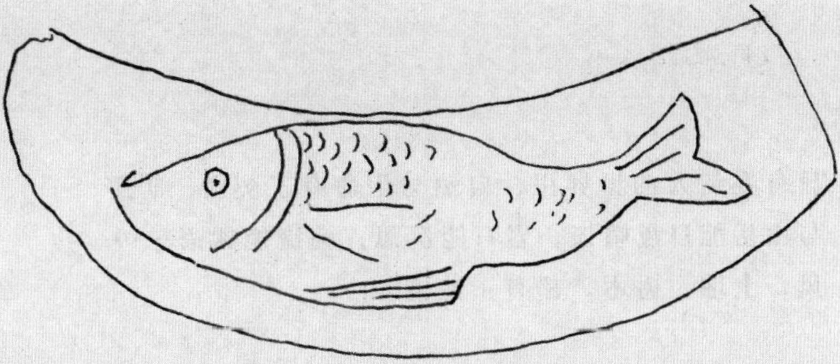

只有在诗人的世界里，自然与生命有了契合，旷野与山岳能日夜喧谈，岩石能沉思，河流能絮语……风，土地，树木，都有了性格。

1979.5.31.

mont frori　　百花山别墅

果园、花圃、　廿四万平方米、

玫瑰　　葡萄架、野莓

树林、有一条小溪，水声很脆

栗子树林

從树林的低洼地穿过。

离维也纳九公里、

二时半到了百花别墅，见到他管理，他住楼上，是一间正方形的房子，浅色的墙，粉绿帷幔，浅绿的窗户，木质家具、一张床、一個写字桌，一個大衣柜、四個沙发，两個茶桌，　壁上什么也没挂。

他很客气地见到我们，问了一些旅途情况，谈了几分钟，有人说梅农来访，他去了，晚上约好七时回来吃晚饭，要以他们有准备。

他走后，[illegible]，[illegible]一阵，

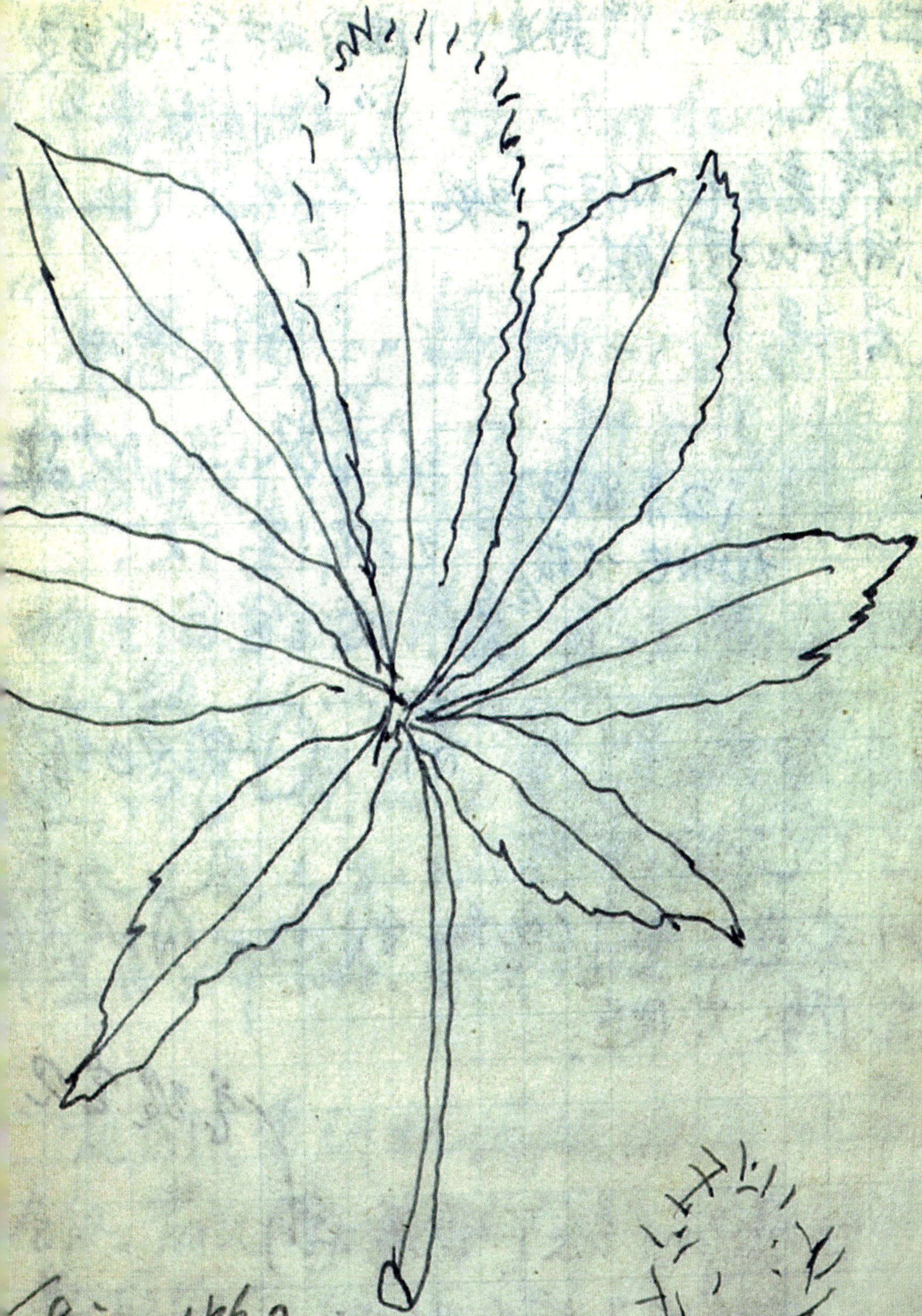

在门口做了
一个[illegible]

你解下你的缆索，你
块，你下船了，你每日瞭望大海

爱海、永远像在航行中.

一天海上一艘船沉了，他捡到了这个救命圈.

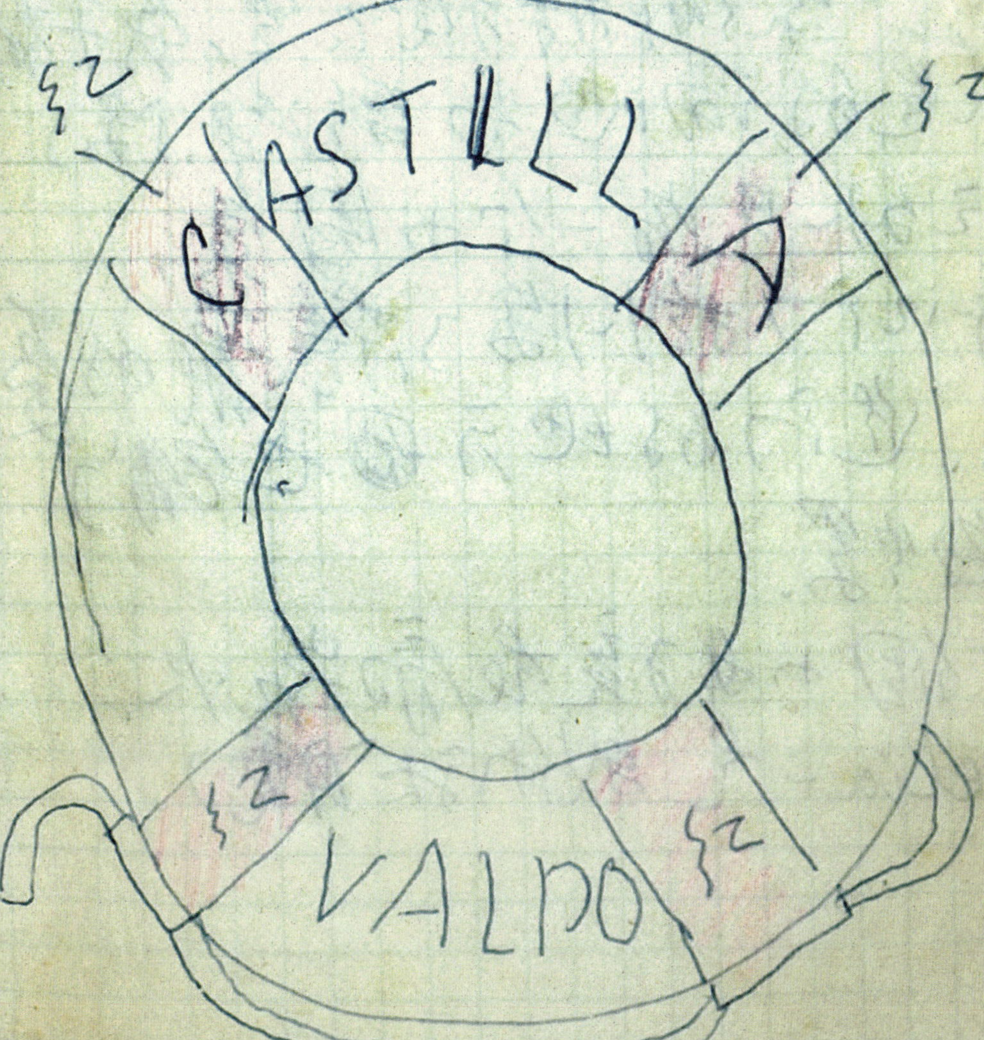

你好像航海者最初发现土地似的

坚守着这些礁石，你在这儿建立你的家

编后语

从上个世纪五十年代至今，国内外各种版本的“艾青诗选”数不胜数，仅美国国家图书馆，就藏有近三十种此类诗选。

艾青诗歌的研究者会发现，各类版本除了选目不同，一些诗歌作品在断句、折行、章节、译文上也有所差异。于是此版本的《艾青诗选》，比较系统地修正了这类问题，并对若干诸如副标题、标点符号、外文中译做了清理，虽有顾虑，但还是实施了，道理简单：清源正本，使之趋向完美。同仁说：“只有你才适合做这样的事。”言外之意大概是：我曾经是艾青晚年时的助手，同时又是其家人；也可以理解为责无旁贷吧。

艾丹

图书在版编目（CIP）数据

艾青诗选 / 艾丹编. — 北京：中国青年出版社，2020. 8（2024. 12重印）
ISBN 978-7-5153-5882-6

Ⅰ. ①艾… Ⅱ. ①艾… Ⅲ. ①诗集－中国－当代 Ⅳ. ①I227

中国版本图书馆 CIP 数据核字 (2019) 第 251326 号

责任编辑：赵凯
出版发行：中国青年出版社
社　　址：北京市东城区东四十二条 21 号
网　　址：www.cyp.com.cn
编辑中心：010－57350405
营销中心：010－57350370
经　　销：新华书店
印　　刷：三河市君旺印务有限公司
规　　格：660mm × 970mm　1/16
印　　张：15.25
字　　数：50千字
版　　次：2020 年 1 月北京第 1 版
印　　次：2024 年 12月河北第 3 次印刷
定　　价：32.80元